歌集

山脈

吉田よし子

砂子屋書房

＊目次

I

II

装本・倉本　修

歌集　山脈

I

忘れじの鐘

時雨ふる祐徳神社に蠟梅の花が咲きたり深く香りて

枳殻《からたち》の花の終りし柳川にドンコ舟行く歌ひびかせて

柳川を船頭の歌う童歌ひびく川面の静けさのなか

元旦の朝日に浮かぶ九十九《つくも》島波穏やかに寄せてはかえす

大花火とどろき上る長崎の光の夜空の忘れじの鐘

ドーンと鳴り大花火上がる長崎に明け行く年の光きらめく

指宿《いぶすき》に吾の得たるは古き杖伝承館へと友のあと追う

仙巌園の庭歩めば目の前に桜島の噴煙悠々として

霧島の湯底の見えぬ温泉は癒やしてくるる日々の疲れを

五葉松海風に散る一本を拾いてしのぶ津島集成館

イヌ槇の生垣うつくし母岳を借景に西郷隆盛を偲ぶ

知覧特攻隊の腕相撲する勇士らの写真の笑顔にただ涙する

別府湾初日の光うけながら飾る漁船を窓から見送る

山並と小島を映す松浦の海やわらかき正月の旅

盛衰の歴史背負える白川の流れに映る秋の古城は

湯の宿

久能山の石段上がれば仁王門家康手植えの寒梅香る

あかときの露天の風呂の快さ椿の葉間に三日月の見ゆ

久能山杖をたよりに登り行く白狛犬の出迎えうれし

湯の宿の灯りほのけく霧ふかきつり橋あたりうぐいすを聴く

渓流に宵待草はささやきて湯宿の浴衣で亡夫を偲べり

竹林を通り抜けたる渓流に螢とびかいおりし修善寺

荒海のひかり反《かえ》して紫陽花の色鮮やかな熱川の宿

大折れの箱根峠のスカイウォーク過ぐれば見えたり富士の雄姿が

夕映えに富士山頂に積る雪炎のごとく風にとびちる

ＳＬで山峡走る旅楽し右に左に大井川あり

栗の実

つり舟をゆらし吹きくる若葉風病院帰りの弁慶橋に佇む

小雨ふる兼六園の松の根は苔なめらかにして静かなりけり

永平寺の参道を来て亡き夫を偲べば杉木立を縫いくる鐘の音

馬籠宿は白壁造りの酒倉に藤村しのぶ松の枝《え》みごと

ロープウェイに吾子と乗りつぎ紅葉の夕光せまる「ヘブンスそのはら」へ

赤べこに願いをこめて足撫でる階段《きだはし》高き圓蔵寺参り

寺社巡る七日町通り栗の実の爆ぜるを買いて吾子と味わう

吾子にひかれ登り来し安達良の山頂から亡夫《つま》を偲ばす吾妻岳見ゆ

黄金の落葉松《からまつ》ロード窓外はトンネル抜けても黄金の山々

北の旅

岩木山の六十九のつづれ折り紅葉しずかに雨の車窓に

時雨ふる故郷の野路たずねゆく老いた姉見ゆ野菊の咲きて

観音岳想い出哀しく夫を呼ぶ雲間を分けて朝日岳出《い》ずる

三味線のジョンガラ節の撥さばき母を偲ばすねぶたの祭り

竜飛崎海峡トンネル工事人を癒やす酒場の看板朽ちて

百二十三基の赤鳥居龍のごと天へと登る元乃隅神社

宇曽利湖の白砂《はくさ》の浜の風よわし亡き夫追いて七月に来ぬ

雪うすく冠れる岩木山近し旅のおわりのホテルの窓に

朝ざくら古城に映えて散りゆけばつわものどもの夢甦る

琴の音の古城に映える朝ざくら津軽の富士の残雪美わし

石灯籠千基が雪の帽子受け朱塗りの社ひときわ美《は》しき

蛇行する北上川の杉木立さくら抱きて朝光《あさかげ》ゆらぐ

鮮やかなみどりの花笠峠越えて六十里越ゆるも月山かわらず

庄内平野の青田のみどり鳥海山の残雪映えて風やわらかし

木もれ日に乙女の像は相向いひそやかに十和田湖畔に立てり

うすれゆく奥只見湖の錦絵は絵のごとくして水面動かず

居多ヶ浜（直江津）

居多ヶ浜《こたがはま》に舟着けましし遠島の祖師の岸辺の葦叢静か

旧跡をめぐる親鸞上人上陸の床しき石碑にこぼれる松葉

海の面に初日かがやく幼帝の抱かれて入りし悲しき社

はえぬきの鹿尾菜《ひじき》と粥をいただきて温海の宿を今朝は旅立つ

山茶花

清らかな細き流れに沿いゆけば遠きかの世の音聞くごとし

手摺なき長き階段《きだはし》登り行けば倭姫の社殿の椿くれない

山茶花の咲き乱れいるゴルフ場朝日のなかに人影動く

山茶花の散りし花びら拾いつつ今朝の芝生の露をかなしむ

田ノ倉湖ボートから見る残雪の山ゆるがせる雪代の滝

手植する田の面に残雪の山映り蛙鳴《かわず》く声ひと日聞こゆる

里山の棚田に手植する人のおり茜の空へ鳶は消えゆく

うどこごみ蕨を摘みておすそ分けうすむらさきの片栗の花

白々とりんごの花咲く里山を遠く朝けの車窓よりながむ

南部鉄の音色涼しき風鈴を吾が家の苞《つと》に一鈴買いぬ

京の旅路

宵闇の川床料理は涼風に時を食みつつ螢舞う見ゆ

夕光を縫いつつ走る人力車　京の旅路の芸子の後姿《うしろで》

京は東寺の五重の塔に曼陀羅を祈りて謹む　紅葉ちりくる

奈良寺の野辺行く道に萩の花乱れ散るらむ惜しき旅の日

しだれさくら盛りと咲ける庭に吹く遠き世のかぜ京寺参り

稜線のしずもる影に目は冴えて六甲の湯宿に夫を偲びぬ

白銀の駅

深層のトンネル出ずれば白銀の北斗の駅にあかねさしゆく

雪まつり終りて静かな大通り吾子と手をとり旅の一日

車窓より白樺の木の間に見ゆる羊蹄山のひさびさの雪

ひっそりと水面うごかぬ鏡池月の輪熊は空をなめたり

手荷物の検査も終り空港の窓より惜しむ知床連山

冬湖《ふゆうみ》にきしむ音して珍しく聞き入る吾子との北海の旅

イルカ等の姿を見むと七尾湾　双胴船の白き水の尾

名残りの一花

栂池の地塘をなずる秋風に季の名残りの車百合一花

山紅葉いろはにほへと七色の散る栂池を霧の流れる

クライマー霧の晴れ間の挨拶は白馬、乗鞍、栂池泊り

残雪の白根おろしの濁り川　魚すめなくて山ざくら咲く

鹿島槍思い出浮かぶ青木湖にさくらの花のふぶきいしこと

飛騨の里雪ふり積る柿の木に残りたる実をついばむ小鳥

小野川の女船頭の水棹よ夕陽しづかに絣着そめる

信濃路の帽子新たな石仏に児をしのびてか野花一輪

みぞれ降るバスより降りて急ぐ里この道靴なき童通いし

初秋の雪踏み登る横岳を亡夫の背はむらさきに消ゆ

息衝きて辿りつきたる山頂に滝雲流れて動かぬ岩苔

新蕎麦の香りとともにすすする音瀬戸の水車に秋立つ旅路

旅の思い出

大利根の水面にまこも映りいて女船頭の歌声ひびく

利根川の草生の路に萩の花風に散るらむ手向けに一枝

高野山萩と芒と彼岸花想い出を摘む心のかごに

山ざくら斜陽に映えて散りながら朽ちたる倒木かざりていたり

音信《おとずれ》の湯宿に一もと紅葉ありつかれを癒す茶会に招かれ

綿津見の齢《よわい》三千の樟は立ち吐息清らに大山祇《おおやまづみ》神社

小豆島夕日に染まる波しづか白き帆舟の浮きてなつかし

海辺にて波とたわむる夫《つま》の顔今ひとときの童のごとし

朝霧に墨絵のごとき沈下橋浮きてしずかに筌《うけ》ひく舟人

白き花咲きて水田に映り入る　さくらひともと三井の里山

竹生港舟くる時を待ちつつも残暑いやまし熊蟬のなく

夕茜比叡山のシルエット勢多川染める水面の夕月

見る限り志賀の山々美しく紅葉は招く入日の湯宿へ

箱根山湖上に霧のたちこめて鳴動誘う雲上の花火

もみじ谷の大吊橋を渡り来て吾が生涯の歩みと思う

II

マフラー巻きて

小雪舞う並木を落葉踏みながらマフラー巻きて治療に通う

霜月の朝霧は濃し故郷の藁家の厨の味噌汁なつかし

過ぎし日の想い出切なし秋雨に介護のバスは柿の実ゆらす

乾草の匂いはつよく想い出は子供と遊びし校庭の角

実生なる吾が忘れいし桃の木の草生の中より芽吹くうれしさ

さわやかな朝光背にうけ参道の鳩は従《つ》きくる五輪橋まで

和をのぞむ石碑が見守る参道は昭和二十年五月に焦土なりしか

参道橋の跡に立ち見る宇田川の流れは春の小川の名残り

参道に苔むす石垣百年の歴史の杜に朝日の出ずる

参道のあざやかな若葉に守られて七十五年を碑は立ちつくす

「とんとんとんからりと隣組」岡本太郎と父は組長

戦時歌謡「隣組」、（一九四〇年、作詞岡本一平・作曲飯田信夫）

新蕎麦

平成三十年まで日本蕎麦屋を営業

新蕎麦に卵を和えて啜る客「旨い」と蕎麦湯もすべて飲み干す

秋蕎麦を昼餉に食めば客人は「母の好物」とテイクアウトせる

過ぎて行く師走の一日を噛みしめて八十余年の商い思う

木枯しに背をまるめくる客ありてオーダーのカレーうどんに温もる

病む夫

粉雪の降りかかりては消えてゆく盲《めしい》の夫の背の哀しき

雪の坂に盲の夫の手を握りよろけ転べどともに生きゆく

淡き願望もてばひそかに偽りて病の夫をかなしみいたり

好物の苺ミルクを携えて入院長き夫を見舞う

見舞いに来し吾子の言葉の切なさよ「退院できるね」に涙のみこむ

枯葉ふみ夫待つ病室に通いたり三日月淋しく窓辺に寄りて

靖国神社の御霊を祀るさくら花幾年忘れじ戦いなくして

紫陽花のあい色淡く省線の音の聞こゆる夫の病室

七夕の光芒渡る笹ゆれて望みをしるす短冊五色

冬日さす盲《めしい》の夫の杖の音支うる巷に吹くは風のみ

平成二十七年七月十四日　夫、死去

罪のなき盲目の夫の人生に清い心で別れを告げぬ

岐阜提灯購い一人帰る路次に紫陽花咲きて夫を偲びつ

一周忌終えてやすらぐ蟬しぐれはちすの花に夫は坐《おわ》す

独り居て物書く宵の雨音に亡夫の居るかと遠雷を聞く

想いつぎ眠れぬ夜の闇にきく救急車の音亡き夫恋し

隣人は黄菊りんどう持ち来たり彼岸の朝の亡夫への供華に

夫の逝く十万億土の旅の果て蓮《はらす》の花に釈迦牟尼坐《おわ》す

霧ふかきビルの間に根津の森浮きて小鳥の声渡りくる

蔵王山に夫とスキーせしものを今朝降る雪は墓に積らん

夕光はビルの谷間を曲りきて一足ごとに刹那に消ゆる

見附

満開の桜に映ゆる菜の花を朝光《あさかげ》ゆらす川面うるわし

水張田《みはりた》の水面を渡るそよ風に陽はやわらかく藁家をつつむ

里山の棚田に手植苗しづもりて海原赤く陽は沈みゆく

蟬の声あびる寺坂孫と手をつなぎ蓮《はちす》に坐《おわ》す夫に逢いに行く

小鳥の影

花芽立つ白梅の枝《え》を矢のごとくかすめ飛びたつ小鳥の影あり

並び立つ銀杏並木は明るくて絵画館前に春待つベンチ

紅椿の枝震わせる風強く赤城の山の友を思えり

姉・花子

八十九歳の姉老いらくの明けくれに詩を詠みつぎぬ優しさ秘めて

十六歳

青春は土塊のなかにモンペはき地下足袋重く夕星《ゆうつづ》仰ぎぬ

貧乏な吾が生い立ちは惨めにて好まぬ友は昼の蟋蟀

姉・鏡子、九十五歳逝去

白百合の姿となりしわが姉を呼べば草露ホロリと落ちぬ

蕎麦屋廃業

レジを打つ人さし指の変形し三十余年の商い閉める

三十余年の苦もありたれど命なりし店閉む外に霧雨はふる

神主の振る玉串に光る露ホロリと散りぬ閉めたる店に

閉店の日のウインドに我が姿映せば夫の気配がよぎる

閉店の片付け残りためらいぬ紅梅明日はぽちぽち咲くらむ

怪我をして介護ホームに通う

活け終えて水仙の香の流れ入る客待つホールに朝光《あさかげ》静か

さわやかな朝の体操介護ホームに生きる命を燃やして笑う

認知症のありても笑顔で友は言う「どこも悪くはないのよ」言い訳なれど

介護ホームに人の情けのあふれいて今日のひと日を若葉の風と

朝光をあびてホームは賑やかに貼り絵する人料理する人

語らいと笑いに和む介護の部屋若葉の風はカーテンゆする

朝光《あさかげ》に集うシニアのホームには笑顔の友あり温泉に行こうね

リハビリの窓にしづけき秋の空梢に唄うは「岳《やま》に行こうよ」

若葉風の入る施設に車椅子の友を見守る障りなくあれ

幾人の命あずかる崖の上の介護施設を大樹見守る

風涼し路に迷いて訪ね来しTシャツ着たるは吾が孫なりき

介護ホームのリハビリ器械のアブダクション五キロの重りなかなか強し

人は生き人が笑える広き窓福祉ホームに朝日やわらか

車椅子どこかに麻痺のあるひとも朝の体操先生に合わす

リハビリはズンバのリズムに合わせたりハンズクラップ皆で踊れり

ザワザワとシニアホームに集いきて朝の体操藤山一郎と

術後二年のシニアホールの窓外はさくら満開華やぐ友達

車椅子を押す介護士のたくましく何人もその手に抱きしめ守る

片足に麻痺のあれども先生に合わせる体操そよ風過ぐる

退院し開放されし身とこころ春のうららのさくら散る日に

ミソハギの花

石塔に粉雪さらさら紅さくら散りくる朝の夫の恋しき

梅の木に葉のポチポチと萌え出ずる梢に鳥いて楽しき朝

梨の実を孫に持ち行く夕べなり笑顔が待つらん元気でいるかな

故郷の土の香なつかし大根の葉はぱりぱり青く母を偲ばす

病窓から若葉を眺む梢の間にチュンチュンチチと小鳥は自由

あかときに根津の森より熊蟬のシャーシャーと鳴く声ビルの間抜けくる

朝風に青紫蘇がゆれ露草も鉢に乱れる涼しき一画

俎に胡瓜の糠漬けサクサクと切りて味見す母の塩梅に

孫の来てルパンのエプロンして耳朶の硬さに生地を練りあぐ

夕ぐれを駆けくる児童とすれちがういつも留守なる直己と思う

ミソハギの花の乱れる季の来ぬ空蟬拾いて夫を偲びつ

醒めてなお残るほのけき明けの夢夫と登山の滝雲を見る

日の落ちて紙面に影の射しくれば眼鏡を替えて夕餉の仕度

粉雪の降り来て枝につきたれば紅梅の花美しきかな

ユリちゃん

華やかに振り袖似合う孫の来て二十歳の笑顔に亡夫を呼びたり

風雪のとびくる庭の枯れ芝に凛と立ちいる椿ひともと

白梅の匂う梢をゆらしつつ小鳥とびかう小さく鳴きつつ

紅梅は春にさきがけ香りたりシニアのスポーツ花びらゆらす

シニアカー

病に伏し降る雪ながめて思い出す妹にあずけし花待つ盆梅

懸命に車を押して廊下行く後にシニアの介護士の笑顔

悲しみの方向に歩むことありシニアカー押してCTルームに近づく

検査すみ医院の門の花ざくら咲き誇れるを眺むるこころ

フォレスタの歌声流るるなつメロに老いて青春の恋心出《い》ず

亭亭と枝広げ立つ一本のしだれさくらに寄りゆく心

老弱もすでにきている今しばし子にからかわれつつ陽気に生きむ

かすむ空さくら散るちるシニアカーの髭爺さまの笑顔が通る

玉葱とタケノコ人参えんどう入れ孫の待ちいる酢豚が煮える

散るならばちりつくせよと満開のさくらの歩道を撫でて風過ぐ

介護車に送られ帰る回り道友と喜ぶさくら満開

花アヤメ池面に美しき姿あり五月雨《さみだれ》のなか色を深めて

天気になあれ

姉・孝子、八十五歳

花ざくら散りくる苑に吾が姉の舎利収むれば蝶の舞いくる

小鳥きてズビズビチュンと物干しに遊び朝日に向けて飛びたつ

花ざくら車窓より眺む喜びに今ひとしきり老いを忘れて

ハナちゃん、三年生

バレエ終え帰る少女の挨拶にえくぼの笑顔が可愛いい夕べ

手の筋の浮きたる皮膚の黒きしわ八十余年、今日も杖つく

街角を黒いドレスの女人の行く光の粒子が背にやわらかく

旅仕度服のサイズの大きくて身長縮みしかと鏡を眺む

寝返りし肩で息する吾子の背に男の世界の職場がのぞく

孫帰り食器散乱していたり楽しき時を思いつつ洗う

盂蘭盆の提灯ゆれる御先祖へ好物供えて迎え灯を焚く

無能でも生きる心はつつしみて日々幸せな老後を送る

葉を落しつくししごとき冬木なる吾は生きゆく落葉の中に

花ざくらも萕む幾年愛し孫よ大学二年の青空高く

敗戦日涙こぼしいし兵隊の顔をのぞきし吾は幼なき

昭和二十一年

櫓田《ひつじた》に番《つがい》の白鷺ついばめるさまの見ゆるも子の姿なく

梅雨の朝ハイビスカスの赤い花蕾む明日は天気になあれ

塀ぞいの児童施設の紫陽花は枯れて伸び行く朝顔のつる

夫の七回忌

床の間に紫陽花一花静かなり茶をいただき待つ夫の七回忌

数珠を手に何を話すか孫二人祖父とのブランコの思い出などか

蓮の葉にたまれる露を数珠として七回忌となりし夫に会いたい

朝露を負いて咲きたるヘブンリーブルーの水色清し

朝ごとに老犬と出あい信号ですれ違いゆく別れの街角

梅雨に入り今朝ほそぼそと降る雨に高木ビワの実一つ落つ

歩道掃く老いの笑顔は朝光に落葉は昨夜の雨にしずもる

朝光にひろく淋しきうろこ雲赤いボールを宙に蹴りこむ

ほろ苦き言葉を聞きて三月《みつき》すぐサンタの鈴の音淋しく聞こゆ

青インクのにじむ詩歌にさそわれてちょっとのぞいた秋冷の空

時雨降る落葉を踏みて帰りゆく身体の治療も命ありてこそ

衰えて歩行しがたき吾となる道の草花踏まれて生きむ

ＭＲＩのカプセル抜ければ窓外は若葉光りてわれは生きおり

資生堂の椿の古書に青春の一こま想う塩野七生の心

道端のベンチに本を読む老いと挨拶交わす背には木洩れ日

しだれ梅朝光美しき小鳥かげしばし立ち見ゆ亡き夫かと

儚くも散りゆくさくらは姉の碑にかの日の笑顔やさしく浮きて

青山通り

サマードレスもバッグも靴も水色の似合うマネキンお出かけ出来ず

点滴は一しずくずつ落ちゆけり吾子の病の快癒を祈る

盆梅の小粒なる実の二つ落つ手にとり惜しむ紅ほんのりと

三巻の著書に塩野七生の論理あり西日の粒子のごときくきらめく

幼子は南瓜一個を抱えきて「婆ちゃん焼いてよ」一日あずかる

除夜の鐘友の快癒を祈りつつ余韻の消えてあけぼのを待つ

袴着祝の遠きかの日にもふれながら卒業の孫に涙ながせり

相寄れば互《かた》みに通う暖かさ供養の庭に七年のあじさい

アルバムに残る少年の頃の夫ボールかかえて勝利の笑顔

父子にてボール投げする日曜日想い出残る代々木公園

子守唄「ねんねんころりよ」流るるを佇みきけば涙湧きくる

やり水の満ちたる木瓜の赤き花朝光に咲き媼は笑まう

葱坊主の畑に近く菜の花も一面に咲きらんまんの春

柿の実

過ぎし日の想い切なし秋の雨柿の実ゆらし介護バスゆく

感情をおさえ従うリハビリは明日のためにりんごの種まく

人生の最後の季と想う画の柿の実一つ夕闇がつつむ

柿の実も熟れてすっかり落ちにけり師走の風に一葉ゆれおり

夕空の觔斗雲《きんとうん》にのり無菌の国さがしに旅に出かけたい

草抜きの土の香なつかしく妹の庭に麦藁帽子ぬうと立ちたり

楓葉の木洩れ日すきて見ゆる庭七年愛せし夫を偲びつ

デイサービス体温血圧測定すみ体操にとけゆく青葉も小鳥も

台風去り鳴き尽きぬまま草に落つ根津の美術館の法師蟬一つ

たっぷりと日ぐれの水を朝顔に明日咲く花をかぞえ楽しむ

久びさに訪ねし姉は日やけして腰直角に「里芋煮たよ」

陽の名残り故郷の路を一人行く穭田《ひつじた》は広く案山子《かかし》に道訪う

梅若葉雨蛙動くを目に追いて曇りの朝の散歩路をゆく

ひと色の緑にもゆる根津の森にけたたましく鳴く尾長の一群

うつろいの世をおそいし新型コロナ空ゆく雲は明日を知らない

老いすでに近づくことに今しばし抗《あらが》う吾が身はコロナに負けず

秋まつり八幡宮に御輿なく拍手の音はコロナ禍祓う

日記つけて六十余年のペンを置く今日一日をコロナに思う

漬菜の匂い

昭和三十五年頃

俵からこぼれし米を子雀がついばむ朝の亡父の笑顔

湯舟にて木枯らしの音聞きながら夫を思いてひとり涙す

ふる里に夕闇せまり梅一本香りて浮きぬ納屋の軒先

朝の日に淡雪とけて花桃の梢に小鳥は楽しく歌う

日向ぼっこ里なる姉は何してる北風がはこぶ漬菜の匂い

物干しの紐に小鳥のチュンと鳴き鉢のすみれに挨拶をする

かぎ針を操つる妹の手の捌き姉を想いて夜は更けにけり

朝の日は若葉に映えてつつし花コロナ等知らない命は美しく

幼き頃

ギンヤンマ追いかけ畦道どこまでも糸におとりの麦わら蜻蛉

五月晴れ銀翼光りて五分おきに二機が飛び発つ羽田の大空

海猫の飛び交う碧の波しづか心にいだく夫を偲びぬ

歳の差を感ずる思いのホームの窓会話も無くて淋しくもあり

蟋蟀のすだくホームの庭草に昨日の友を今朝も待つなり

弧を描く虹は東に美しくひととき忘れるコロナの地球

子守り唄「ねんねんころりよ」流れきてたたずみ聞けば涙ながるる

水仙の花の初咲き御先祖に供えて師走の朝の香を嗅ぐ

かすかなるよろこび持ちてワクチンのテレビをみれば窓外青し

静かなるたそがれひと日を清浄に夕顔咲ける想い出の里

桜島の旅にて拾いし梅の実の鉢生え四年目に蕾むよろこび

道端のベンチに本読む老人と挨拶交わす背にはこぼれ日

ひもじくて弁当盗む友のいて涙に許しし昭和二十年

昭和二十年頃

土塊《つちくれ》に五年働く牛の老いて別れの二里を逃げ帰りたり

朝鳥を聞く

年たけて己が嘆きに眠り得ず寝返りうちつつ朝鳥を聞く

マネキンの赤い装おい赤い靴わが青春の戦時哀しも

氷雨ふれどウィンドの花は綻びて心も温もる赤い手袋

舗道ゆく犬は落葉を追いかけて吾れを誘うか心楽しく

アリッサム咲く校庭にボール蹴る音の響きて吾子想い出す

道すがら蛙なく声草生より杖止め聞きぬ小川の流れに

水色のコートにピンクのマフラーまき連翹そえてマネキン浮き浮き

参道の朝光さしくる木々の間に高鳴く百舌をひとり聞くなり

芽花つむ想い出やさしき姉の面《おも》河原の草生に露と消えたり

夕茜射す物干しの白シャツにとまるトンボの大きな目玉

みずからの体を動かす愉しさをシニアルームの友と語らう

晩秋の枯野にのこる白菊に夫を偲びて風は去り行く

霜柱踏みて夫の墓に来ぬ布で撫であたためやらんと思う

盆梅のかたき蕾にふれて見るみぞれの降れば窓辺に移し

夕日入る厨にシチューのぷつぷつとエプロン似合う孫十六歳

美しく心に生きる一枚の絵を青空に高く括ろう

退院の二月の雨は頬流る梅花のなみだ桃花のなみだ

手を取れば袖の香匂う大学卒業のこの喜びも老は悲しく

紅梅の蕾む花咲くを語りたきシニアの庭に友と逢えなく

早朝散歩

風しずかえごの花びら散らす道吾が影長く梅雨は去りゆく

杖をつき俯きてゆく散歩には挨拶をする電柱のあり

「おはよう」と元気に挨拶交わしつつ知り合いとなる早朝散歩

新キャベツ青虫隊は食み終えてたちまち紋白蝶になりたり

紫陽花は萎れてカンナが活けてあり小雨の歩道のショーウィンドウに

二つ三つ咲く朝顔を窓外に見つつ体操デイケアの午後

梅雨あけの光にふれて満開の五月の花はおのれを散らす

儚なくもちりゆくさくらは姉の碑にふりかかりたり笑顔浮かびて

追いつかれ追い越され行く散歩道に路傍の花はわれを応援す

朝のうちの散歩に俄か雨に会うシャワーのように杖も洗われ

長梅雨の朝の散歩の傘しづくハイビスカスに「明日は晴れるよ」

気象図に梅雨前線の居すわりて生命線はすこし伸びたり

一本に二つの花咲き白百合の可愛く思えて夫に手向ける

駅前のベンチに本よむ老の居て挨拶交わす今日で十日め

百合枯れてひまわりホウズキあしらえるショーウィンドウを楽しむ散歩

朝の陽にやさしき光吸いながら花香る道杖と歩めり

破線の声

敗戦を語らう友の姿なきディクアよりひとり帰る淋しさ

梅の実を十キロ漬けて天日干し紫蘇の葉色まし熊蟬の声

散歩より帰るＥＶに乗りている空蟬二つ誰かのいたずら

朝光はガラスに反射してマネキンの清しきスタイル法師蟬鳴けり

地下鉄をおりて十分近道を急ぐビル間に寒月を見る

あかときの楓の梢より熊蟬の破線の声が響きはじめる

マネキンは初秋のスタイルかっこよく花瓶の尾花ウインド飾る

花水木の枝をくぐりて散歩するビルの間の朝光を背に

一本のかぎ針使いて編みくれし妹の時間をベストに着たり

ひすがらの雨の細きにコスモスの小さくゆれる故郷の庭

マネキンのスタイル替り立ちどまる路傍のつゆ草を涼風なずる

十階の踊り場におく梅鉢に蟬鳴きしきる今日が寿命か

わが骨を砕きてくるる手であらむそば粉打つ力の指の太きに

擦れ違うマスクの人は誰れならむ蟬鳴く路地に挨拶もなく

円《つぶら》なる青梅十キロ漬けおえて今年の塩梅ミンミンにきく

朝顔市

介護度は二級なれども散歩には逢う人々に「おはよう」明るく

朝顔市しぼりの花の大輪を送りくれたる姉は逝きたり

猛暑日の配達夕刊手にとれば熱風ふわり自転車去り行く

地下鉄を降りて近道急ぐ角ビルの狭間に大き寒月

あかときの物干すわれにコオロギの鳴くも淋しき小さな草生

鉢に咲くつゆ草ひともと朝ごとに夫に供える清しき想い出

あじさいの咲く寺坂もとおれば父の面影浮かぶごとしも

根津森にひびく朝の蟬の声あわせる体操深呼吸うまし

根津森にたそがれふかき蟬の声今日一日の終わりにきこゆ

心臓医に通う坂道ミンミンの気怠き声はわれをいざなう

孫帰るおはぎを六つおみやげに祖母《ばば》と作りし形は不揃い

敬老の日ひとり散歩の風涼し夫へそなえるりんどう五本

稲を刈る音なつかしく光る鎌イナゴの群れを祖母と追いたり

秋の夜に光れる星のうるむごと老いの窓辺に夫を想えり

マネキンの縞のセーターに朝日さすスタイルまねて腰をのばして

路地をゆき盛んに咲ける朝顔に陽のさすを見る命かなしも

生花店見るのみに出《い》ず逝きし友思いて赤き花は買わずも

デイケアに昨日の友の姿なし戦争の話まだまだあるのに

七年目の花

白馬岳夫と登りし大雪渓棚の奥なる山靴かなし

枯葉踏み帰る散歩の裏道はビルの狭間の朝光《あさかげ》まぶし

寺坂を杖で歩行す秋風はそろり抹茶の香を運びくる

秋彼岸に孫と作りし不ぞろいのおはぎうれしき爺へのみやげ

御つとめの般若心経をとなえたり蓮の葉上に水滴ほろり

赤りんご両手で持ちて祖母に呉るほっぺもりんごの曾孫一歳

癒ゆること難しと思う頸椎の痛みやわらぐ孫たちの声に

倒れたるままに咲きいるコスモスの路地を通えど治らぬ腰痛

枯葉ちるともにふりくる雀子は枯生の中で何をついばむ

木犀の花のこぼれる寺の門夫待つ墓碑に香りを分けて

夕光の山の辺うつくし柿の里故郷へさそうかぜもなつかし

鉢菊の色ます風によりそいて夫に供える七年目の花

露天商のかぶ大根は光うけおでんにせんと大根を買う

故郷の野辺

あかときに白く浮きたる寒ざくら我をいざない朝光をまつ

盆梅のかたき蕾にふれてみる手にこぼれくる冬至の夕陽

葱の花畑一面に匂うなり菜花もまじりて故郷の野辺は

くもの巣に蝉一匹のなまなまし見張る主《あるじ》は病葉の陰に

マフラーにマスクを付けて霜風は耳たぶ冷たく帽子でかくす

歳の瀬に亡夫に逢いにゆく坂道の枯木の梢にかかる三日月

実生より芽を育てつつ守る木の心に花咲く春がくるらしも

寒ざくら

生涯のただ一日の今日の身を草生に鳴ける虫の音を聞く

底冷えの朝に物干す屋上に餌を欲《ほ》るらし雀二羽くる

十字架の星かがやきてニコライの祈りこぼれる今宵のツリー

くれなずむ枯木の梢に二つ三つ烏瓜ゆれる師走の公園

近道を帰る空地の寒ざくら幽《かす》かに浮きて年の瀬となる

盆さつき今年も上手に刈り込みてながめて清し屋上の棚

参道に朝光さしくる木々の間に高鳴く百舌を目にて追うなり

枯れ菊に動かぬ蜜蜂ひそみいて冬日やわらにかたぶきてゆく

根津の森

根津の森木漏日替り子と歩む幼く遊びし藤の花あり

燕子花《かきつばた》夕日に映える池の面よ根津美術館の光琳の絵に

根津の森粉雪にまう池の面に映る乙女の白玉椿

根津美術館

幕末の志士を魅了せし名工の「清麿の太刀」そりは華やぎ

和装美の母思いつつ夜は更ける目覚まし朝にメロン供える

特攻隊の面影出ずる兄の姿笑顔で別れの九歳の吾

従兄の弟

森川孝一歌集

若葉よりもれくる光り目を閉じて顔いっぱいに朝をあびおり

ストレッチでからだくねらせ汗流し指導しくるる女性の若さ

アジサイを電車の窓に眺めゆく雨に煙れる箱根の山に

湯の宿の雨にくもれる林より登山電車の音を聞きたり

降る雨は箱根の木々を濡らしつつひぐらしの声かすかに伝う

暮れゆける林の中の温泉のぬるき湯に入り身体をとかす

朝日さす伊豆山神社を仰ぎ見て萎えたる足できざはし登る

神社にて今年の幸《さち》を願いつつ柏手《かしわで》打てば社《やしろ》にひびく

朝もやは山の緑をおおいつつ高き空には白き雲うく

うす青く海に浮かんだ初島に向かう小船は白い波たて

窓辺にてお日さま浴びてのんびりと熱海の海を飽かず眺める

みぞれ降る黒き墓には花あふれ叔母の法要ゆたかに偲ぶ

叔母しのび皆でつどえるランチにて若き姿のアルバムを見る

友もわれも齢を重ねてあちこちに痛みかかえる七十余歳

街なかの稲荷神社にアセビ咲きなにやら嬉し朝の柏手

友と飲みし池袋のまちほろ酔いに出会える人は皆うつくしき

山手線の車内は若きらにあふれシルバーシートに年寄り見えず

梅の花にかかわり生れし令と和はわれに懐かし万葉の歌

リハビリに自信を持って取り組むも古い体は応えてくれず

ややぬるいお湯につかればゆるゆるとからだとけゆく筋湯温泉

朝の宿を飾れる花を生け替える女将の言葉の故郷なまり

リエージュに住みいる友は癌という家族写真のメールが届く

初雪は一輪咲きたる紅梅のくれないの色をにじませつもる

坂道を汗かき登れば新緑の山の端はるか昼の月浮く

分け入れば「光の森」のエゾマツの青葉は洩れる光をゆらす

盆過ぎて汗のながるる昼下がり涼もとめ聞くツクツクホーシ

こどもの日母がたてたる菖蒲の湯かき分け入れば香りたちたり

暑き夜を蚊帳吊るしたる教室で友と騒いだ臨海学校

踏みしめて高き階段《きだはし》登りきり治りし足を神に感謝す

信号無視、車道も歩道もわが道とアシスト自転車のお通りだ

敬老の健康クラブに参加した婆さん達のお喋り止まず

膝丈の草むらに咲くあかい花手折れば指は朝つゆにぬれ

日は昇り霜のとけゆく花びらに生まれるつゆは光ふくみて

レンゲ咲きミツバチとまり花ゆらり小さき羽音かすかにつたう

満開の枝を伸ばせる紅梅は強き日差しにくれない深む

空おおう欅みどりの公園に鳩を追いかけ走る幼子

暑き日に手袋はめて日傘さし化粧の濃ゆきレディーが通る

盆過ぎて茶の間における金魚鉢のぬるめる水に布袋草うく

汗かきて栗を拾いてこし妻よ　笑顔見せつつ渋皮煮をする

ベランダに朝日浴びつつ見送りぬ　風に舞いゆくアオスジアゲハ

敗戦後叔母はひとりの旅路終え夫と娘の待つ墓に入る

七十年は永すぎたねと言いし叔母夫と娘のもとへ行きたり

春風に桜並木を見上げれば眩しき空にさくら吹雪する

コロナウイルスで行く先なくてゴロゴロとからだ休める土曜日の朝

セキレイは舗装道路を歩きおり渋谷川には住み辛いらし

盆過ぎても汗の流るる昼下がり涼を求め鳴くツクツクボウシ

小学生　九州

深江にて皆と泳いだ碧き海白き砂浜に足焼かれたり

白シャツの若き女性の走り来て朝の社《やしろ》に静かに拝む

八月の大雨案ずる田舎への電話で妻は世間話す

朝日さす窓辺の夫を振り返りあゆめる妻も手を振りており

暑き日に部屋のエアコンかけながら脳が汗かくスマホの操作

長き日を机に向かいて歌を詠む自粛でしぼむ豊かな想い

自粛下に友に電話を入れたれば遊びに来いと繰り返し言う

ベッドにて朝のひかりを感じつつ今日も楽しく過ごさんと思う

空おおうコロナ自粛の雲を抜け遠く離れた街へ行きたい

あとがき

念願の短歌を本にすることが出来ました。短歌にたいして才能も学識もなく、ただ恥ずかしいかぎりです。幼い頃は祖母が庭に花を一面に咲かせてくれました。楽しく覚えています。戦争が終わり、家族八人の貧しい生活でした。中学生のとき母が患い、通学も間々でした。祖父母が逝去し悲しい思いでした。貧乏なので、本を買うお金が親からもらえず、畑の草取りやトマトの箱詰めなど手伝って、本を買うお金を貯めました。そして本を得たときの嬉しさはなかったです。高校一年生の時のことです。今でも大事に持っています。父は詩が好きで、雑誌に投稿していました。読むのが楽しみだったのでした。

二十二歳で米穀商に嫁ぎました。明治、大正、昭和と、渋谷の日本赤十字の前で米穀商を営んでいたのです。戦争がはげしくなり、疎開してのち、戦後今の高樹町で米屋を営業いたしました。母は、勝海舟等と共に幕末活躍した浦賀の勘定奉行をしていた山本金次郎の孫になります。三味線が上手で、よく会に出かけていました。私が嫁いだ頃は、米の統制がありました。配給米の三キロを五円の高値で売ってしまい、お客様に叱られたりしました。ある時、議員の市川房枝さんがお見えになり、身の上相談をしました。「意志をしっかりと持って生きなさい」とのことでした。そして家族の一人となり、懸命に働いてまいりました。

　夫の両親が逝去し、まもなく夫が病にかかり、米穀商が出来なくなり、息子も学業が終わったので、蕎麦店を開くことになりました。息子も好まなかったけれど商いを守ることは仕方なく、親子で始めました。思ったようにお客様は来ずに困ったところに、骨董商の中島誠之助さんがテレビで明治末から大正・昭和にかけての青山の様子をお話しし、私の故父からの伝え聞いたお話を放映してくださいました。そして歌手の美川憲一さんも、テレビで放映してくださいました。お客様も行列が出来るようになりました。そしてショーのある度に、花束をたくさん店に持って来てくださいました。夫が去り、二十八年つづいた店も私が怪我をしたため、閉じました。それは悲しいことでした。六十年、読み書きすることなくきましたが、最近では年のせいか、ものを忘れることも多くなってきています。

しかしながら、今は好きな読書も出来ます。短歌を作ったりもしています。また、早朝は一時間位散歩も出来、道で逢う人々には挨拶し、友達になったり、老後を気ままに送っています。このたびは、砂子屋書房の田村雅之さんにすっかりお世話になり、拙い歌集出版を手伝ってくださり、うれしく思います。

森川孝一さんのこと

デイサービスでお逢い致しました。背の高い男性で穏やかな顔をして挨拶をしました。仲間とはすぐに解けあい好まれた人でした。お話をしているうち短歌の話が出て、三首作って見せてくださいとのことで、森川さんの面白い様子を作りました。笑っていました。職業を尋ねると大学教授とのこと、イギリスのケンブリッジ大学でも学んだ事もあるとのことです。イギリスに奥様とときどき行かれるようです。チョコレートのおみやげもいただきました。ホームの仲間にも凄い人気でたのしかったことです。コロナでデイサービスも辞めて、お手紙に書いて送ってくださいました。

本を出すことになったとお話をしましたところ、出してくださいとのことでお願い致しました。

森川さん七十五歳です。

二〇二一年冬

吉田よし子

歌集　山　脈

二〇二二年一月二〇日初版発行

著　者　吉田よし子
東京都港区南青山五—四—三〇　Y・S・Sビル九F（〒一〇七—〇〇六二）

発行者　田村雅之

発行所　砂子屋書房
東京都千代田区内神田三—四—七（〒一〇一—〇〇四七）
電話　〇三—三二五六—四七〇八　振替　〇〇一三〇—二—九七六三一
URL http://www.sunagoya.com

組　版　はあどわあく

印　刷　長野印刷商工株式会社

製　本　渋谷文泉閣